HIP, HIP, HOORAY, IT'S MONSOON DAY!

¡AJÚA, YA LLEGÓ EL CHUBASCO!

by

Roni Capin Rivera-Ashford

illustrated by

Richard Johnsen

Arizona–Sonora Desert Museum Press
Tucson, Arizona

1-2010
16-

Book development by Richard C. Brusca
Spanish translation by Roni Capin Rivera-Ashford
Spanish translation editing assistant - Rhonda B. Fontes
Design by Emerge Design

Printed in Canada by Friesens
Published in the United States by
Arizona-Sonora Desert Museum
2021 N. Kinney Road, Tucson, Arizona 85743
www.desertmuseum.org

This book is available at quantity discounts for educational, business,
or sales promotional use. For further information, please contact:

ARIZONA-SONORA DESERT MUSEUM PRESS
520 883 3028
2021 N. Kinney Road, Tucson, Arizona 85743
asdmpress@desertmuseum.org

ISBN 1-886679-36-8

Copyright registered with the U.S. Library of Congress.

AUTHOR'S DEDICATION

Dedicated to the memory of my *hermanito*, MARK ROSS CAPIN, who as a little boy and as a grown man,
shared in the love of speaking two languages; yelling ¡Ajúa! for mariachi music and the arrival of the monsoon rains.
"At the end of every storm there is a rainbow." November 25, 1956 – July 3, 2006

Dedicado a la memoria de mi hermanito, MARK ROSS CAPIN, quien como niño tanto como adulto,
disfrutó del amor de hablar en dos idiomas, pegando el grito ¡Ajúa! al escuchar la música de los mariachis
y cuando llegaban las primeras lluvias de los chubascos. "En el extremo de cada tormenta
hay un arco iris". 25 de noviembre, 1956 – 3 de julio, 2006

Dedicated to the memory of a gentle friend, fellow Nogalian and writer,
Gilbert L. Encinas, who helped edit this story with humor, encouragement
and a scholarly perspective. December 6, 1939 - January 17, 2007

Dedicado a la memoria de un amigo gentil, Gilbert L. Encinas, compañero Nogalense
y escritor, quien ayudó a editar este cuento, animándome con su sentido de buen humor
y perspectiva intelectual. 6 de diciembre, 1939 – 17 de enero, 2007
—Roni

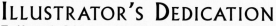

ILLUSTRATOR'S DEDICATION

To Kenneth Caldemone, the Star in my life, and to the countless generations of families and animals
of the Sonoran desert who have been sustained by the waters from the sky.

A Kenneth Caldemone, la estrella de mi vida, y a las innumerables generaciones de familias y animales del Desierto Sonorense que han sido mantenidas por las aguas del cielo.
—Richard

AUTHOR'S ACKNOWLEDGMENTS

With deepest appreciation to DANIEL RIVERA ASHFORD, my husband and father of our children, Aaron, Justin and Sarah; and Tata to our grandson, Jordan.
For forty years, Danny has helped me find peace in the midst of life's storms.

Agradecimiento a DANIEL RIVERA ASHFORD, mi esposo y padre de nuestros hijos, Aarón, Justino y Sarah; y Tata de nuestro nieto, Jordan.
Por casi cuarenta años, Danny me ha ayudado a encontrar serenidad entre medio de las tormentas de la vida.

With many thanks to Richard C. Brusca, Amy Hartmann, and Greg Crooks at the Arizona-Sonora Desert Museum, for support in every detail of this project.
Gracias a Richard C. Brusca, Amy Hartmann y Greg Crooks por su apoyo en cada detalle de este proyecto.

Thank you to my WOMEN WRITING CHAMPIONS. Gracias a mis COMADRES DE LA ESCRITURA: Renate Beer, Dolores Geuder, Teresa Sheehan, Caroline Villa,
Jo Wilkinson and my mother-in-law, Teresa Rivera Ashford, mi suegra. One more star, Stephanie Bowden, una estrella más.

Author's Dedication

Dedicated to the memory of my *hermanito*, MARK ROSS CAPIN, who as a little boy and as a grown man,
shared in the love of speaking two languages; yelling ¡Ajúa! for mariachi music and the arrival of the monsoon rains.
"At the end of every storm there is a rainbow." November 25, 1956 – July 3, 2006

Dedicado a la memoria de mi hermanito, MARK ROSS CAPIN, quien como niño tanto como adulto,
disfrutó del amor de hablar en dos idiomas, pegando el grito ¡Ajúa! al escuchar la música de los mariachis
y cuando llegaban las primeras lluvias de los chubascos. "En el extremo de cada tormenta
hay un arco iris". 25 de noviembre, 1956 – 3 de julio, 2006

Dedicated to the memory of a gentle friend, fellow Nogalian and writer,
Gilbert L. Encinas, who helped edit this story with humor, encouragement
and a scholarly perspective. December 6, 1939 - January 17, 2007

Dedicado a la memoria de un amigo gentil, Gilbert L. Encinas, compañero Nogalense
y escritor, quien ayudó a editar este cuento, animándome con su sentido de buen humor
y perspectiva intelectual. 6 de diciembre, 1939 – 17 de enero, 2007
—Roni

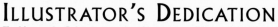

Illustrator's Dedication

To Kenneth Caldemone, the Star in my life, and to the countless generations of families and animals
of the Sonoran desert who have been sustained by the waters from the sky.

A Kenneth Caldemone, la estrella de mi vida, y a las innumerables generaciones de familias y animales del Desierto Sonorense que han sido mantenidas por las aguas del cielo.
—Richard

Author's Acknowledgments

With deepest appreciation to DANIEL RIVERA ASHFORD, my husband and father of our children, Aaron, Justin and Sarah; and Tata to our grandson, Jordan.
For forty years, Danny has helped me find peace in the midst of life's storms.

Agradecimiento a DANIEL RIVERA ASHFORD, mi esposo y padre de nuestros hijos, Aarón, Justino y Sarah; y Tata de nuestro nieto, Jordan.
Por casi cuarenta años, Danny me ha ayudado a encontrar serenidad entre medio de las tormentas de la vida.

With many thanks to Richard C. Brusca, Amy Hartmann, and Greg Crooks at the Arizona-Sonora Desert Museum, for support in every detail of this project.
Gracias a Richard C. Brusca, Amy Hartmann y Greg Crooks por su apoyo en cada detalle de este proyecto.

Thank you to my WOMEN WRITING CHAMPIONS. Gracias a mis COMADRES DE LA ESCRITURA: Renate Beer, Dolores Geuder, Teresa Sheehan, Caroline Villa,
Jo Wilkinson and my mother-in-law, Teresa Rivera Ashford, mi suegra. One more star, Stephanie Bowden, una estrella más.

Today is June 24th. It is San Juan's Day.

My *tata* says to me, "Aaron, where I come from in Mexico,

and all over the Southwest, people have a special celebration on San Juan's Day.

My *abuelo,* which is what I called my grandfather, grew up in Spain.

He told me that his family and friends also celebrated San Juan's Day over there.

They would make sure to get to the seashore or to a river

so they could wet their feet. This would help them have good luck

for the whole year. People celebrate this day differently in many countries."

Hoy es el 24 de junio. Es el día de San Juan.

Mi tata me dice _ Aarón, allá en México de dónde yo soy,

y por todo el suroeste en Norteamérica, la gente acostumbra tener una gran celebración

para el Día de San Juan. Mi abuelo me dijo que donde él se crió,

en España, también celebraban este día especial.

Me dijo que sus familiares y amistades allá hacían todo lo posible para llegar

a la orilla del mar o algún río para mojarse los pies. Esto les traería buena

suerte para todo el año. La gente celebra este día de diferentes maneras en otros países.

While *Tata* talks, I imagine everything in my head, like a dream:

Everyone gathers at the river to have a picnic. Some of the people pray for rain.

A few of the men play their guitars. My little sister, Sarah,

sneaks in with her violin, pretending to be a *mariachi.*

Some of the women wash their hair and bathe their children in the river.

The people believe that all of this will make the rain come.

Just like a dream, it feels magical and real!

Mientras Tata me cuenta, yo me lo imagino, como un sueño:

Todo mundo reunido en el río, gozando y comiendo,

algunos rezando de rodillas para que llegue la lluvia,

unos señores tocando sus guitarras, mi hermanita, Sara,

saliendo con su violín, como si fuera parte de un grupo de mariachis.

Algunas de las mujeres se lavan el cabello y bañan a sus bebés

en el río y todo esto lo hacen para que lleguen las aguas.

¡Así como un sueño, parece ser mágico y real!

My *tata,* and all of the town's people have always said,

"According to tradition, the monsoon will begin on June 24th,

San Juan's Day, the feast day of St. John the Baptist. Over four hundred years ago,

Francisco Vásquez de Coronado, a great Spanish explorer,

stood on the banks of a riverbed somewhere in the Southwest on June 24th.

He looked up to the skies and asked for rain.

That very day, the clouds opened up and the rain spilled out."

Mi tata y toda la gente del pueblo decía,

_ El día de San Juan vienen las aguas porque, según la tradición,

los chubascos deben de empezar el día festivo de San Juan Bautista.

Hace más de cuatrocientos años que Francisco Vásquez

de Coronado, un gran explorador español, se paró en la orilla de un río

en el Suroeste de Norteamérica, el día 24 de junio.

Miró hacia arriba y le pidió lluvia al cielo.

Ese mismo día las nubes se abrieron y la lluvia se soltó.

Tata gets one of those serious and tender looks on his face and says,

"I like telling you this story, because someday when you have grandchildren,

I want you to tell it to them. This will help keep the stories of our culture from disappearing."

Today the sun has been shining all day, in the bright blue sky. *"Tata,* does the monsoon

always start on June 24th?", Justin asks, with a look of wonder.

"No. Sometimes the rains don't come on San Juan's Day. In fact, it has been seven years

since they started on that day," *Tata* replies.

Tata se pone muy serio y con una mirada tierna me dice _ Me da gusto, mijito, contarte este

cuento, porque algún día, cuando tu tengas nietos, quiero que se lo cuentes a ellos.

Esto ayudará a preservar los cuentos de nuestra cultura.

Hoy, el sol ha brillado en el cielo azul todo el día. _ Tata, ¿los chubascos siempre llegan

el 24 de junio? _ pregunta Justino, con una mirada de curiosidad.

_ No. A veces no llueve el Día de San Juan. De hecho, hace siete años que no llueve

en ese día _ responde Tata.

Now, it is afternoon and the air is still. It is so hot that the birds and butterflies

don't even dare to fly; so hot that my brother, sister and I cannot go outside to play.

Through the window I see big clouds that look like fluffy, white cotton candy.

Mamá says, "Since it's too hot to go outside, come over here and sit with me.

We'll eat some *bellotas* and have a cold glass of *jamaica.* It's a good thing *Papá* took us to

the mountains last Sunday to gather *bellotas.* We collected them just in time, because if

it rains before we get them, they are no good. The water makes them rot and they taste sour."

Ya llegó la tarde y el aire no se mueve. Hace tanto calor que ni siquiera vuelan los pájaros,

ni las mariposas; tan caliente que mis hermanitos y yo no podemos salir afuera a jugar.

Por la ventana veo nubes que parecen enormes dulces blancos de algodón.

Mamá nos dice _ Ya que hace tanto calor y no pueden salir a jugar, vengan para acá

y siéntense conmigo. Vamos a comernos unas bellotas y tomarnos una jamaica bien helada.

¡Qué suerte que el domingo pasado Papá nos llevó al campo a pasar el día en las montañas

y a juntar bellotas! Las juntamos a puro tiempo. Pues si llueve antes de juntarlas,

ya no sirven. Se pudren con el agua y saben bien amargas.

All of a sudden, the sun disappears behind a cloud, and the air gets cooler.

We go outside to play and have fun in the cool air. The wind begins to blow,

going in circles like twirling ballerinas. It blows faster and faster, stronger and stronger.

It sounds like a thousand coyotes howling all at the same time.

The sky does not look blue anymore. The air is full of dust and pieces of paper.

Leaves and dirt dance round and round.

Trees bend and sway so low, it looks as if they could almost touch the ground!

De repente, el sol se desaparece detrás de una nube y el aire se enfría.

Salimos a jugar y a disfrutar el aire fresco.

El viento comienza a soplar un poco, dando vueltas como una bailarina.

Luego sopla más y más rápido, más y más fuerte.

Se oye como si estuvieran aullando mil coyotes a la vez.

El cielo ya no se ve azul. El aire está lleno de polvo y trozos de papel.

Hay hojas y tierra que parecen estar bailando, dando vueltas y vueltas.

¡Los árbloles se mecen tanto que parecen que van a tocar la tierra!

Cotton-candy clouds quickly turn from white to grey to black.

Baby quail run to find shelter. They try to keep up with their mommy and daddy.

Prickly tumbleweeds, big and brown, blow around chasing the jackrabbits.

The smell of rain is in the air. It smells like wet dirt. Ants line up and march into

their underground tunnels. Lizards hide where they are camouflaged

by the ground and protected by the rocks.

"Look, Justin and Sarah! The arroyo is filling up with water.

It must be raining somewhere not too far away."

El cielo se llena de nubes que se convierten rápidamente de blancas a tonos

de gris claro y oscuro, casi negras. Veo unas codornices pequeñitas corriendo

entre la mamá y el papá. Los chamizos andan correteando

a las liebres con la fuerza del viento. El aire huele a tierra mojada, a lluvia.

Las hormigas marchan en fila, metiéndose a sus túneles. Las lagartijas se esconden

donde quedan camufladas por la tierra y protegidas por las piedras.

_ ¡Vengan a ver, Justino y Sara! Los arroyos se están llenando de agua.

Eso quiere decir que está lloviendo en otro lugar no muy lejos de aquí.

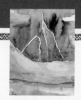

I remember *Tata* told me never to play near rivers or arroyos during Monsoon Season.
He said that even when it's dry, a wall of water from rain in another place can come faster
than you blink your eyes. Sometimes the river bank where you are standing can fall in.
The water moves so quickly, it can become dangerous before you have time to think about it.
It's better to stay safe near your house with a grown- up close by.

Sarah's eyes get as big and round as a full moon.
Frightened, she puts her arms around me and asks, "Aaron, do you hear the thunder
and see all the lightning coming from the sky?

Recuerdo que Tata me advirtió que nunca jugara cerca de los ríos ni los arroyos durante
la temporada de los chubascos. Me dijo que a veces cuando está seco puede venir una
pared de agua más rápido que una volteada de cabeza. Esta agua viene de las lluvias que están
cayendo en otro lugar. De vez en cuando, en un instante, la orilla de la tierra donde se para la
gente se puede desfondar. Las aguas van con tanta fuerza que el peligro llega antes de que te
des cuenta. Es mejor mantener seguridad cerca de tu casa donde hay adultos para cuidarte.

A Sara se le pusieron los ojos tan grandes y redondos como una luna llena.
Asustada, me abraza y me pregunta,
_ Aarón, ¿oyes los truenos y ves rayos que vienen del cielo?

We run into the house. Whoa, what a scary sight! I jumped. Sarah and Justin screamed.

It looks as if ghosts have invaded. All of the mirrors are covered with white sheets.

Mamá believes this will prevent the lightning from hitting inside. We love to watch the lightning,

but it can be dangerous, too. *Papá* told us, "When lightning is nearby,

you must go inside the house or into a car, with the windows closed, of course.

The most dangerous thing would be to hide under a tree.

It seems as if lightning looks for trees, because it strikes them so often!"

Nos metemos corriendo a la casa. Yo pegué un brinco. Sara y Justino gritaron.

¡Qué susto nos pegamos! Pues parecía que habían llegado los espantos.

Es que mamá tenía todos los espejos cubiertos con sábanas blancas.

Ella hace esto para prevenir que pegue un rayo adentro de la casa.

Nos encanta ver cómo caen los relámpagos pero hay que tomar precaución.

Papá nos ha dicho _ Cuando los relámpagos andan cercas, hay mucho peligro y es importante

que se metan a la casa o adentro de un carro, con las ventanas cerradas, por supuesto.

Lo más peligroso sería que se escondieran debajo de un árbol.

¡Parece que los rayos buscan a los árboles, porque muchas veces allí explotan!

It is raining! Hip, hip, hooray, it's monsoon day!

The storm is powerful! There was such a downpour of water

that the street looks like a real river. The wind, thunder and lightning sound

as if we have a marching band in our living room. WHOOSH!...SNAP!...CRACKLE!

Here comes the hail; like white popcorn-ice falling from the sky. POP!...CRACKLE!... POP!

And one more CRACKLE! POP! The electricity goes out in the whole house!

Now everything is dark. *Mamá* lights a lantern and some candles so we can see.

¡Está lloviendo! ¡Ajúa, ya llegó el chubasco! Cayó un aguacero tan grande

que la calle parece un río verdadero. El viento, los truenos y relámpagos ¡soplan,

suenan y truenan como si tuviéramos una banda tocando tambores y

platillos aquí en nuestra sala! Y ¡ZÁS...TRÁS! Ahora viene el granizo;

palomitas blancas de hielo cayendo del cielo. Pegó un chasquido seco y...

¡se apagaron todas las luces!

¡ZÁS...TRÁS Y PÁS! Mamá prende una linterna y unas velas

para poder ver adentro de la casa.

The storm only lasts an hour. What an exciting hour it has been!

While *Mamá* takes the sheets down off of the mirrors, without her noticing,

Justin, Sarah and I go outside to run and play in the puddles.

Oh, oh, no! We get soaking wet and full of mud. Sarah says,

"Let's make a paper boat and see if it will float."

My little brother, Justin, has a toad in his pocket.

He sneaks it into the house,

because he wants to play with it and keep it for a pet.

¡Hoy el chubasco solamente duró una hora...pero fue emocionante!

Mientras mamá quita las sábanas de los espejos, sin que se diera cuenta,

nos salimos para afuera a correr y jugar en los charcos. ¡Ay, ay, ay!

Nos mojamos y nos llenamos de lodo. Sara dice _ Sería divertido poner un barquito de papel

en el agua para ver si flota. _Mi hermanito, Justino, trae un sapito en la bolsa.

Lo mete a la casa a las escondidas porque quiere jugar

con él y que este sapito sea su mascota.

He comes over and whispers to me so no one else will hear, "Aaron, look at my pet frog."
I say to him, "That's not a frog. It's a spadefoot toad! My teacher just taught us about
those in science class. They are special to our desert. They hide underground all year long
until the monsoon rains come. After the rain, they pop out like magic and
sound like hundreds of cows." Justin says, "I think they sound like ducks."

The air smells special. *Mamá* says, "That's from the creosote bushes."
Mmmmmm....It's great! When that smell is in the air, I feel happy and excited.

Se acerca y me dice en secreto _ Aarón, mira mi sapito, mi propio animal doméstico. _
Yo le contesto _ Mi maestra nos acaba de dar una lección sobre esos sapos en la clase
de ciencias. Es un sapo de espuelas. Son particulares y especiales en nuestro desierto.
Viven escondidos debajo de la tierra durante todo el año, esperando las lluvias del chubasco.
Después de que llueve, brotan estos sapos de espuelas con un sentido mágico y se oye
como si hubieran cien vacas haciendo sus mugidos allá lejos en el desierto. _
Justino dice _ Para mí se oyen como miles de patos.

El aire tiene un aroma muy especial y distinto. Mamá dice _ Ese es el aroma de los arbustos de
Gobernadora. _ ¡Mmmmmm....¡Qué rico! Con ese olor me siento contento y emocionado.

It's time to go to *Nana* and *Tata's* house. We are going to celebrate

San Juan's Day and the arrival of the monsoons.

As we leave, *Mamá* says to Justin, *"Mijito,* it's best not to pick up any animals

you find in the wild, because they could harm you or you could harm them.

Go put your frog outside where you found him, so he can return to his home in the desert.

Tell him, 'I'll see you again tomorrow when the rains come.' Okay?" Justin says, "He's not a frog,

Mamá. He's a spadefoot toad. Aaron told me he learned about that in school."

Justin is happy that the toad will be safe and that maybe he will see another one tomorrow.

Ya es hora de alistarnos para ir a la casa de Nana y Tata. Vamos a celebrar el día de San Juan

y la llegada de los chubascos. Al salir, mamá le dice a Justino _ Mijito, es mejor no levantar

ningún animal salvaje porque te pueden lastimar o tú los podrías lastimar a ellos.

Ve a poner la ranita allá afuera donde la encontraste para que pueda regresar a su

habitat en el desierto. Díle, 'te veo mañana cuando vuelva a llover'. ¿Está bien? _ Justino dice

_ No es una rana, Mamá. Es un sapo de espuelas. Aarón me dijo que esto lo aprendió

en la escuela. _ Justino estaba contento sabiendo que el sapito estará seguro y

que quizás mañana volvería a ver otro.

At *Nana* and *Tata's* we celebrate with a barbeque. My dad strums his guitar,

my little sister plays her violin and we all sing along. We drink *horchata* and

break a *piñata.* My *tía* washes her hair and bathes my little cousin,

Juanito, in rainwater that *Nana* collected in a washtub.

Tata tells us a little bit more about the monsoon. "It does not mean that the

Monsoon is over just because the storm only lasted one hour today. "

Para festejar, hacemos una carne asada. Mi papá toca la guitarra,

mi hermanita toca su violín y todos cantamos. Tomamos horchata y quebramos

una piñata en este día de San Juan. Mi tía se lava el cabello y baña a mi primito,

Juanito, en la tina donde mi nana había colectado agua

que acababa de caer del cielo.

Mi Tata nos cuenta un poco más acerca de los chubascos. Él nos explica

_ La tormenta de hoy sólo duró una hora,

pero eso no quiere decir que ya se ha terminado.

This happens just about every day, at just about the same time,

in just about the same way. That will be our weather forecast

for about the next two months. This is what we call Monsoon Season."

Today turned out to be a very special San Juan's Day because,

just as my *Tata* and all of the town's people would always say,

the monsoon did come on San Juan's Day.

HIP, HIP, HOORAY!

Esto será el pronóstico del clima durante los próximos dos meses,

casi cada día, a casi la misma hora y casi de la misma magnitud.

A esto le decimos la temporada de los chubascos.

Hoy resultó ser un día muy especial, porque así como nos decía mi Tata,

y toda la gente del pueblo, sí llegó el chubasco en este día de San Juan.

¡Ajúa!

Discussion Material and Glossary
by Robin Kropp & Brenda King

Where does monsoon day happen?

The Sonoran Desert straddles the U.S.-Mexico border, spreading through the neighbor states of Arizona and Sonora. It is home to a mix of cultures, languages and traditions shaped by this rugged, beautiful land. Here, tall cacti and spiny plants fill the lower valleys. Cool, forested mountains rise like islands from this sea of desert.

It is a thirsty place. Every living thing depends on scant rains that fall almost exclusively in summer or in winter. The summer rains are called the "monsoon." The story in this book is about the onset of the monsoon somewhere in this border region.

What is the monsoon?

The term "monsoon" comes from "mausim"—an Arabic word that originally described the shift in wind direction over the Arabian Sea at a certain time of year. In the Sonoran Desert, too, "monsoon" is a seasonal shift in winds, which brings our summer rains.

Here, winds generally come from the west and bring little or no moisture. But in May and June, intense sun heats the air above the Sonoran Desert. The hot air rises, which pulls in moist air from the Gulf of California, to the south. This moist air hits Sonora and the Baja California peninsula first, then moves into Arizona in late June or early July—the start of the monsoon! It lasts from June to September and brings about half the year's precious rainfall to the Sonoran Desert. Monsoon wind patterns are shown on the maps.

The summer sun heats the moist air, giving rise to towering thunderclouds. They build through the day, and then burst into afternoon storms that bring lightning, thunder, rain and sometimes hail. After the long dry spell, people in the region welcome these spectacular storms, which cool the air and quench the desert's thirst.

But monsoon storms can also be dangerous. Lightning can kill. Flash floods surge through normally dry washes, sweeping away everything in their path. Hikers and motorists who are unaware of the danger sometimes cross into the water. Some lose their lives.

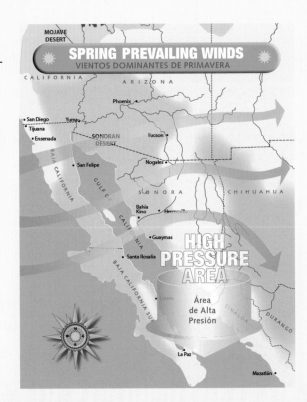

How can we stay safe in a monsoon storm?

In order to remain safe during a monsoon storm, it is necessary to stay away from lightning and washes. If a thunderstorm approaches, follow these safety tips:

Stay inside a house or in a car with a hard roof.

Don't talk on a land-line phone.

If outside, stay away from tall trees or poles, which attract lightning.

Stay off hilltops (but also keep out of washes).

In forests, crouch in thick, low vegetation.

Don't touch metal objects (fences, railings, golf carts, motorcycles, etc.).

If your hair stands on end in a thunderstorm, lighting may strike you. Drop to your knees, bend forward and place your hands on your knees.

Discusión y glosario
por Robin Kropp y Brenda King

¿Dónde toman lugar los chubascos?

El desierto Sonorense abarca la frontera de los Estados Unidos Americanos y México, atravesando ambos estados de Arizona y Sonora. La base fundamental es una mezcla de culturas, idiomas y tradiciones formada por este lindo y rugoso terreno. Aquí los valles bajos se encuentran llenos de cactos altos y plantas espinosas. Montañas boscosas y frescas sobresalen como islas de este mar de desierto.

Es un lugar que provoca la sed. Cada cosa viva depende de las escasas lluvias que caen casi exclusivamente durante el verano o el invierno. A las lluvias de verano le llaman "chubascos". El cuento en este libro se trata del principio de la temporada de los chubascos por aquí en esta región fronteriza.

¿Qué es el chubasco?

El término "chubasco" se deriva de *"mausim"* – una palabra del idioma árabe el cual originalmente describía el cambio de dirección de los vientos sobre el Mar Arábigo en una temporada específica durante el año. También en el Desierto Sonorense "el chubasco" es un cambio en la dirección de los vientos lo cual es traído por el cambio de la estación del año. Esto nos trae las lluvias de verano.

Aquí, por lo general, los vientos vienen del oeste y traen poca o nada de humedad. Sin embargo, durante los meses de mayo y junio, la intensidad del sol calienta el aire arriba del Desierto Sonorense. El aire caliente sube, lo cual jala aire húmedo del Golfo de California, hacia el sur. Este aire húmedo llega primero a Sonora y a la península de Baja California y después llegando al estado de Arizona los últimos días de junio o primeros días de julio - ¡cuando empiezan los chubascos! Esto dura desde junio hasta septiembre y trae más o menos la mitad de las valiosas aguas que caen en el Desierto Sonorense. Los patrones de los cambios en los vientos durante la temporada de los chubascos se ven ilustrados en estos mapas.

El sol de verano calienta el aire húmedo, lo cual causa un aumento de nubarrones enormes e intensos. Se van desarrollando a como va pasando el día, luego se revientan por la tarde durante las tormentas que traen relámpagos, truenos, lluvia y a veces granizo. La gente de esta región, recibe con gusto y alegría, estas tormentas espectaculares después de una larga temporada de clima seco. Tales tormentas refrescan el aire y satisfacen la sed del desierto.

Pero las tormentas que traen los chubascos también pueden ser peligrosas. Un rayo puede causar la muerte. Una riada repentina invade los arroyos que normalmente se encuentran secos, arrastrando con todo lo que encuentra en su camino. A veces personas que andan en un automóvil o excursionistas no se dan cuenta del peligro y tratan de cruzar o meterse al agua. Algunos no sobreviven.

¿Cómo nos podemos mantener seguros durante una tormenta tipo chubasco?

Para mantener seguridad durante una tormenta tipo chubasco hay que evitar andar cerca de los arroyos y de los relámpagos. Si se viene acercando una tormenta eléctrica, siga las siguientes sugerencias:

Permanecer adentro de una casa o un carro de techo sólido.

No usar el teléfono conectado a la casa.

Si se encuentra afuera, guarde su distancia de los árboles o postes altos, los cuales atraen los rayos.

No subirse a la cima de ningún cerro ni tampoco acercarse ni meterse a ningún arroyo.

Si se encuentra en el bosque, agáchese entre la vegetación baja y densa.

No tocar objetos metálicos ni de alambre tal como barandillas, cercos, motocicletas, carritos de golf, etc.

Si durante una tormenta eléctrica se le paran los cabellos de punta, es posible que le pegue un rayo.

Tírese de rodillas, agachándose hacia el frente y ponga sus manos en sus rodillas.

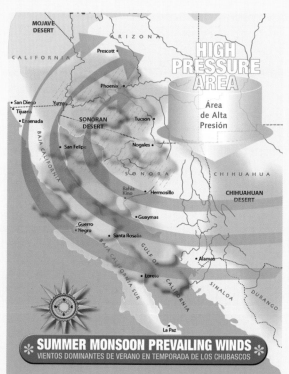

SUMMER MONSOON PREVAILING WINDS
VIENTOS DOMINANTES DE VERANO EN TEMPORADA DE LOS CHUBASCOS

What is San Juan's Day?

San Juan's Day nearly coincides with the summer solstice, the longest day of the year. This day was a signal to ancient farmers that the monsoon season was approaching. Long before Spanish missionaries arrived, native peoples celebrated the planting of their crops, which were watered by monsoon rains. So festivities at this time have probably long celebrated the onset of the summer rainy season.

The celebration of San Juan's Day is a tradition that Spanish missionaries brought to the New World in the 1600s. Held June 24th every year, it honors Saint John the Baptist *(San Juan Bautista)*. In the Sonoran Desert region today, those who celebrate San Juan's Day are mostly people who grew up with these traditions in rural settings.

What are *bellotas*?

Bellotas are the acorns of the Emory oak *(Quercus emoryi)* and the *cusi* oak *(Quercus albocincta)*. These trees grow wild on mountain foothills and slopes in the southwestern United States and northern Mexico. The acorns ripen and drop to the ground just before the monsoon begins (like many other Sonoran Desert plants), so the seedlings get a good start with the rains.

Many indigenous peoples, as well as Mexican and Mexican-American families, traditionally go to the oak woodlands to harvest *bellotas* before the monsoon comes. Good *bellotas* are crunchy, nutty and a little bitter. If you collect them after the rains start, they're often infested with squishy worms. Yuck!

What is a creosote bush?

Creosote bush *(Larrea divaricata)* is a common Sonoran Desert plant also called greasewood, and *hediondilla* ("little stinker"). These bushes are three to nine feet tall with small, waxy leaves. After a rainstorm, they emit a distinct smell often called the "smell of rain." Creosote bushes provide shade for animals during the hot summer. Many species of insects rely on creosote bush for food, shelter and hiding places. Desert peoples use its sticky resin as a glue and make medicine from its leaves.

How do spadefoots survive in the desert?

A spadefoot *(Scaphiopus couchi)* is a toad-like amphibian. The desert isn't the kind of place you would expect to find frogs and toads, because all amphibians need water to keep their skin moist and for their eggs and young. When spadefoot eggs hatch, the tadpoles breathe with gills and feed on algae underwater. They gradually develop into adults with lungs and come out onto the land to hunt insects.

Spadefoots, and other species of frogs and toads in the desert, are active during the summer rainy season. The rest of the year, they keep moist by digging deep burrows, where they may spend up to ten months underground waiting for rain. When monsoon storms create temporary rain pools, they emerge and the race is on to mate. After hatching, their tadpoles must develop into froglets and toadlets that can dig burrows before the pools dry up. Spadefoots can go through this process in as little as eight days. They are called "spadefoots" for the hardened "spades" on their hind feet that help them to dig into moist soil.

OTHER DESERT PLANTS AND ANIMALS IN THIS BOOK

Ants — Ants live in colonies of one (or a few) queens and many workers. Queens produce new offspring; workers collect food, care for the larvae, and protect the colony.

¿Qué es el Día de San Juan?

El Día de San Juan coincide casi con el solsticio de verano, el día más largo del año. Este día significaba, para los granjeros de los tiempos de antes, la venida de la temporada de los chubascos. Mucho antes de la llegada de los misioneros españoles, la gente nativa celebraba las siembras que fueron plantadas, las cuales se regaban con las aguas de las lluvias de los chubascos. Es muy probable que las festividades marcando el comienzo de la temporada de las lluvias de verano se han celebrado desde hace mucho tiempo.

La celebración del Día de San Juan es una tradición que los misioneros españoles trajeron al Nuevo Mundo en los años alrededor de los 1600. Cada 24 de junio, este día honra a San Juan Bautista. La mayoría de la gente que celebra, hoy en día, el Día de San Juan, en la región del Desierto Sonorense son aquellos que se criaron con estas tradiciones en los ambientes rurales.

¿Qué son bellotas?

Las bellotas vienen del roble de Emory *(Quercus emoryi)* y del roble del Cusi *(Quercus albocincta)*. Éstos crecen como árboles silvestres en las colinas y las cuestas de las montañas por el suroeste de los Estados Unidos Americanos y al norte de México. Las bellotas se maduran y caen al suelo poco antes de que comiencen los chubascos (como pasa con muchas otras plantas del Desierto Sonorense), así que estas plantas de semillero tienen un comienzo firme con estas lluvias.

Mucha gente indigena, tanto como las familias mexicanas y méxico-americanas tradicionalmente van al bosque, donde se encuentran los robles, a cosechar bellotas antes de que lleguen los chubascos. Bellotas buenas son crujientes, un poco agrias y tienen un sabor penetrante, una como a nuez. Si las juntas después de que ya hayan comenzado las lluvias, son blanditas y están llenas de gusanitos. ¡Qué asco!

¿Qué es un arbusto de Gobernadora?

El arbusto de Gobernadora *(Larrea divaricada)* es una planta común del Desierto Sonorense, el cual también lleva el nombre de *Hediondilla*. Estos arbustos llegan a crecer de tres a nueve pies de altura y tienen hojas pequeñas y cerosas. Después de una lluvia, la Gobernadora despide un aroma distinto al cual se refiere como "el aroma de las lluvias". Los arbustos de Gobernadora proveen sombra para los animales durante los calores del verano. Muchas especies de insectos dependen en la Gobernadora para su comida y como un lugar donde se pueden refugiar o esconder. La gente del desierto usa la resina pegajosa como goma y para hacer medicina de las hojas.

¿Cómo sobreviven los sapos de espuelas en el desierto?

Un sapo de espuelas *(Scaphiopus couchi)* es un anfibio que parece sapo. Uno no espera encontrar sapos ni ranas en un lugar tal como es el desierto, porque todos los anfibios necesitan agua. El agua es necesario porque provee humedad para la piel de estos animales y también para que se críen los huevos y los recién nacidos. Cuando empollan los huevos de los sapos de espuelas, los renacuajos tienen agallas para respirar y se nutren con alga que se encuentra debajo del agua. Poco a poco se van desarrollando hasta que llegan a ser adultos con pulmones y brotan sobre la tierra donde cazan insectos.

Los sapos de espuelas, y otras especies de ranas y sapos del desierto, son activos durante la temporada de las lluvias de verano. El resto del año estos sapos se mantienen húmedos por medio de cavar madrigueras hondas donde pueden vivir hasta diez meses del año esperando las lluvias. Cuando las tormentas de los chubascos causan que se formen charcos de agua, salen los sapos apurados para aparearse. Después de empollar, los renacuajos necesitan desarrollarse como ranitas y sapitos para que puedan cavar sus madrigueras antes de que se sequen los charcos de agua. Los sapos de espuelas pueden completar este proceso en el corto plazo de ocho días. Les llaman "spadefoots" en inglés *(pata de espuelas)* por las "espuelas" que tienen en las patas traseras las cuales les ayudan a cavar en la tierra húmeda.

MÁS PLANTAS Y ANIMALES QUE SE ENCUENTRAN EN ESTE LIBRO:

Hormigas – las hormigas viven en colonias de un (o algunas) reinas y muchos trabajadores. Las reinas producen una cría; los trabajadores juntan comida, cuidan la larva y protegen la colonia.

Jackrabbits – Jackrabbits are really hares with large ears and long hind legs. Antelope jackrabbits *(Lepus alleni)* and black-tailed jackrabbits *(Lepus californicus)* live in the Sonoran Desert region. With large eyes high up toward the back of their heads, they can watch for predators in nearly all directions. They are also lightweight, fast and have great leaping ability. Black-tailed jackrabbits can leap 20 feet in a single bound.

Lizards – Lizards are reptiles characterized by scaly bodies, moveable eyelids, four legs and a tapered tail. The Sonoran Desert region has many species of lizards, including whiptails, geckoes, horned lizards, chuckwallas, iguanas, collared lizards and Gila monsters.

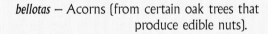

Quail – Small, plump birds, quail are often found in groups called "coveys." Quail spend a lot of time on the ground scratching for seeds and insects. When startled, they run for cover in thorny bushes or fly up into nearby trees. The Sonoran Desert is home to Gambel's quail *(Callipepla gambelii)*. They have a distinctive black feather plume on their heads.

Tumbleweeds – This rolling ball of sticks is actually dead, dry Russian thistle *(Salsola tragus)* broken away from its roots and blown by the wind. That is how it spreads its seeds. A tumbleweed can be as big as a car and bear 250,000 seeds. Though it has become a symbol of the American West, it is an invasive species from the steppes of Russia's Ural Mountains, upsetting the natural balance of the desert. They thrive in disturbed soils, like agricultural fields, pastures and roadsides.

Spanish words used in the English text

abuelo – Formal name for grandfather.

bellotas – Acorns (from certain oak trees that produce edible nuts).

arroyo – Dry wash or watercourse where streams can flow.

chubasco – Heavy shower or downpour associated with late-season monsoon thunderstorms.

Liebre norteamericano – en realidad las liebres norteamericanas son liebres con orejas grandes y patas traseras largas. Liebres antílope *(Lepus alleni)* y liebres norteamericanas de cola negra *(Lepus californicus)* viven en la región del Desierto Sonorense. Con ojos grandes colocados arriba, hacia la parte trasera de la cabeza, ellas pueden ver en todas direcciones, por casi todos sus alrededores, vigilantes de cualesquier predador. También son ligeras de peso, se mueven con rapidez y tienen una gran habilidad para saltar. Las liebres norteamericanas de cola negra pueden saltar hasta 20 pies con un solo brinco.

Lagartijas – las lagartijas son reptiles caracterizadas por sus cuerpos escamosos, párpados movibles, cuatro patas y una cola estrecha que termina en una punta. La región del Desierto Sonorense tiene muchas especies de lagartijas, incluyendo huicos, salamanquesas o gecos, lagartijas cornudas (camaleones), chuckwallas (iguanas del desierto), lagartijas de collar y monstruos de gila o escorpiones.

Codornices – pájaros chicos y llenitos, frecuentemente se encuentran en grupos a los cuales les llamamos nidadas. Las codornices pasan mucho tiempo moviéndose por la tierra, escarbando en búsqueda de semillas e insectos. Cuando se espantan, corren a buscar seguridad entre arbustos espinosos o vuelan a los árboles cercanos. El Desierto Sonorense es el hogar de la codorniz Gambel *(Callipepla gambelii)*. Son de color negro, café y gris con un penacho de una pluma negra en la cabeza.

Chamizo - esta bola rodante de palos secos, en realidad está compuesta de una planta, cardo Ruso *(Salsola tragus)*. Esta planta está seca, aún muerta y ha sido trozada por el viento que la lleva volando por todas partes. Así es como desparrama sus semillas. Un chamizo puede llegar a ser tan grande como un automóvil y trae hasta 250,000 semillas. Aunque ha llegado a ser un símbolo del Oeste Norteamericano, es una especie invasiva que viene de las estapas de las montañas Urales de Rusia. Esto perjudica el balance de la naturaleza del desierto. Estas plantas crecen con fuerza en tierras donde hay disturbio constante como campos de agricultura, prados y los bordes de la carretera.

VOCABULARIO EN ESTE LIBRO:

abuelo – nombre formal que se refiere al padre de la mamá o del papá.

bellotas – nueces comestibles producidas por ciertos robles.

arroyo – un canal o una vía seca donde puede fluir una corriente de agua.

chubasco – un aguacero el cual se asocia con las tormentas eléctricas durante los meses de verano.

Francisco Vásquez de Coronado — Sixteenth-century Spanish explorer and conquistador. Coronado searched in vain in Mexico and what is now the southwestern United States for the mythical riches of the "Seven Cities of Cíbola." He did, however, encounter Zuni, Hopi, Pueblo and other Native American peoples.

horchata — A Mexican beverage, served cold, made from rice flour, water, canned milk, sugar and cinnamon.

jamaica — Mexican beverage made by infusing hibiscus flowers in water and blending with sugar; and served cold; sometimes used for medicinal purposes without sugar, served as a hot tea or at room temperature.

mariachi — Popular Mexican music style that can blend the sounds of violins, folk harps, guitars, trumpets and a bass.

mijito — Term of endearment meaning "my little son."

nana — Informal term for grandmother or elderly woman with reference to a relationship of respect.

piñata —Vessel made of papier-mâché, often in the form of an animal. It is filled with sweets and small gifts and hung in the air at parties. Usually children swing a stick to crack it open, spilling out treats for everyone to gather. This is a Mexican party tradition from Spanish and Aztec influences.

tata - Informal term for grandfather or elderly man with reference to a relationship of respect.

tía - Formal term for aunt.

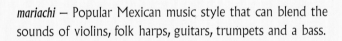

References

Phillips, S. J. and P. W. Comus (eds.) 2000. *A Natural History of the Sonoran Desert*, Arizona-Sonora Desert Museum Press (Tucson)/University of California Press (Berkeley). 628 pp.

"The Arizona Monsoon." Maricopa County Cooperative Extension Home Horticulture. 1997. ag.arizona.edu/maricopa/garden/html/weather/monsoon.htm

Francisco Vásquez de Coronado – explorador y conquistador Español del siglo dieciséis. Coronado buscó en vano, en México y en lo que se conoce hoy día por todo el suroeste de los Estados Unidos Norteamericanos, las riquezas míticas de las "siete ciudades de Cíbola". Sin embargo, se encontró con las tribus Zuni, Hopi, Pueblo y otras gentes americanas nativas.

horchata – una bebida Mexicana, dulce y helada, hecha de harina de arroz, agua, leche de bote, azúcar y canela.

jamaica - una bebida Mexicana, dulce y helada, en donde se hace una infusión con las flores secas del hibisco, se rebaja con agua y se le añade azúcar...a veces tiene uso medicinal sin azúcar y servido caliente o al tiempo.

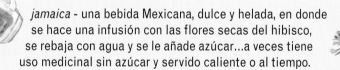

mariachi – estilo popular de música mexicana compuesta de sonidos de violín, arpa folklórica, guitarra, trompeta y un bajo.

mijito – término de cariño que se usa con un niño, el cual significa "mi hijo."

nana – término informal, de cariño y respeto, que significa abuela o alguna mujer de edad mayor.

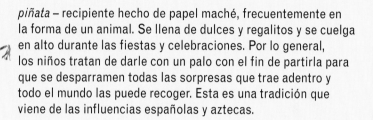

piñata – recipiente hecho de papel maché, frecuentemente en la forma de un animal. Se llena de dulces y regalitos y se cuelga en alto durante las fiestas y celebraciones. Por lo general, los niños tratan de darle con un palo con el fin de partirla para que se desparramen todas las sorpresas que trae adentro y todo el mundo las puede recoger. Esta es una tradición que viene de las influencias españolas y aztecas.

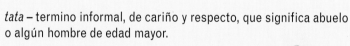

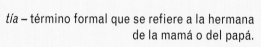

tata – termino informal, de cariño y respeto, que significa abuelo o algún hombre de edad mayor.

tía – término formal que se refiere a la hermana de la mamá o del papá.

REFERENCIAS:

A Natural History of the Sonoran Desert, Arizona-Sonora Desert Museum Press. California, 2000. (Una Historia Natural del Desierto Sonorense)

Phillips, Ed/KTAR. "The Arizona Monsoon." Maricopa County Cooperative Extension Home Horticulture. 1997. ("El Chubasco Arizonense." Extensión Cooperativa del Condado de Maricopa para la Horticultura Hogareña) ag.arizona.edu/maricopa/garden/html/weather/monsoon.htm

About the Author
Roni Capin Rivera-Ashford

Roni's stories come from her childhood days growing up in the Sonoran Desert where she still lives and writes. She has spoken Spanish and English from birth and sometimes dreams in Spanish, too. The smell of rain, beautiful cloud formations, thunder and lightning, all brought life and a welcoming change to the hot days of summer. Roni's first published book was *My Nana's Remedies/Los remedios de mi nana*. More books coming soon. Hip, Hip, Hooray!

Los cuentos que escribe Roni vienen de su niñez y del ambiente en el que se crió, en el desierto Sonorense donde todavía vive y escribe. Ella ha hablado el inglés y el español desde que nació. Y de vez en cuando también sueña en español. El aroma de la lluvia, las lindas formaciones de las nubes, los rayos y los truenos, traían cambios y daban vida a los días calurosos de verano. El primer libro publicado de Roni se titula *My Nana's Remedies/Los remedios de mi nana.* Ya pronto habrán más libros. ¡Ajúa!

About the Illustrator
Richard Johnsen

Richard has lived in the Southwest all of his life, drawing and painting in the light-drenched desert. An active member of the Southern Arizona Watercolor Guild, he has had one-man shows of his work, and paints in watercolor and acrylic. He was a public school teacher in Bilingual Education for 35 years, including two years in the Peace Corps' "Philippines Project." Languages, cultures, art and teaching have been his lifetime passions. Richard lives in Sahuarita, Arizona, and celebrates the desert monsoons annually.

'Ricardo' ha vivido toda su vida en el suroeste de los E.E.U.U. norteamericanos donde dibuja y pinta en este desierto bañado de luz. Como miembro activo de la asociación de pintores de acuarelas del sur de Arizona, él ha tenido exhibiciones individuales de sólo sus obras y pinturas de acuarela y acrílica. Fue maestro de educación bilingüe en las escuelas públicas por 35 años, incluyendo dos años en el proyecto del Cuerpo de Paz de los E.E.U.U. en las Filipinas. Sus pasiones de toda la vida son representadas por sus actividades que involucran los idiomas, las culturas, el arte y la enseñanza. Ricardo vive en Sahuarita, Arizona, y cada año celebra "los chubascos" del desierto.